Coordinador de la colección: Daniel Goldin
Diseño: Joaquín Sierra Escalante
Dirección artística: Mauricio Gómez Morin

A la orilla del viento...

Primera edición en francés: 1996
Primera edición en español: 1999
Segunda reimpresión: 2002

Título original: *Jojo et la couleur des odeurs*

Publicado por acuerdo con Editions Circonflexe, París
ISBN 2-87833-158-3

Av. Picacho Ajusco 227; México, 14200, D.F.
www.fce.com.mx

ISBN 968-16-5996-1

Impreso en México

Yoyo y el color de los olores

Bruno Heitz

ilustraciones de Manuel Monroy
traducción de Diana Luz Sánchez

FONDO DE CULTURA ECONÓMICA

 ESA mañana, Yoyo dormía.

Es decir, casi.

Oía el “flip-flap”
de las ruedas de los coches...

Y comprendió que ese día
llovía en la ciudad.

Por los ruidos de la mañana…

… supo que se le había hecho tarde.

Pero, por el olor del pan tostado,
se dio cuenta de que el desayuno
estaba listo
y se levantó de una buena vez.

De camino a la escuela, Yoyo pensaba:

Los olores y los ruidos tienen un color.

Aunque cierre los ojos,
sé dónde estoy.

Frente a la salchichonería
huele a pollo rostizado.

En la panadería, hay un sabroso olor a pan caliente...

... así que debo de estar en la esquina de la calle de las Lilas. Doy vuelta a la derecha; la escuela está al fondo.

¡Ah!, aquí están las rejas de la escuela.

¿Quién se habrá puesto ese perfume? ¿Leticia?, ¿Eloísa?

En cambio, ¡Alberto no se bañó!

–¡Qué tal, muchachos! Juego a adivinar dónde estoy sin ver.

–Ya sé, tú eres Tomás.
Te reconozco por el peinado.

–¡Eso no es gracioso! ¡Devuélveme mi mochila!
¡Se lo diré a la maestra!

Mi nariz me dice que estoy frente a los baños...
Dos puertas más adelante está la sala de maestros.

¡¡MAESTRA!!!
ODEGA
LEÓN

–¡Maestra, me quitaron mi mochila!

Me equivoqué...
Es la oficina del director.
A esta hora la maestra ya debe de estar en clase.

¡Ay! Eloísa debió dejar tirada su cuerda para saltar...

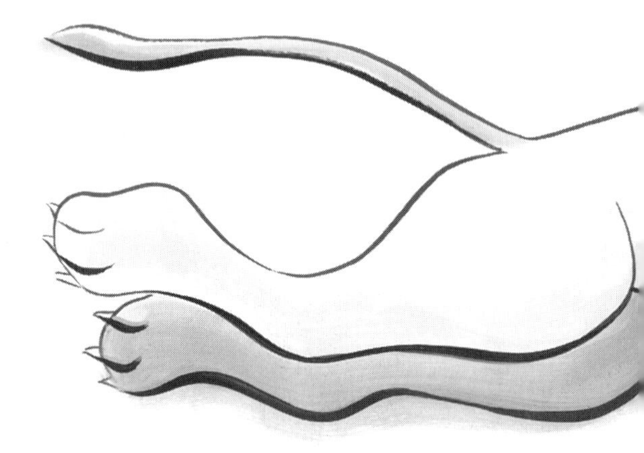

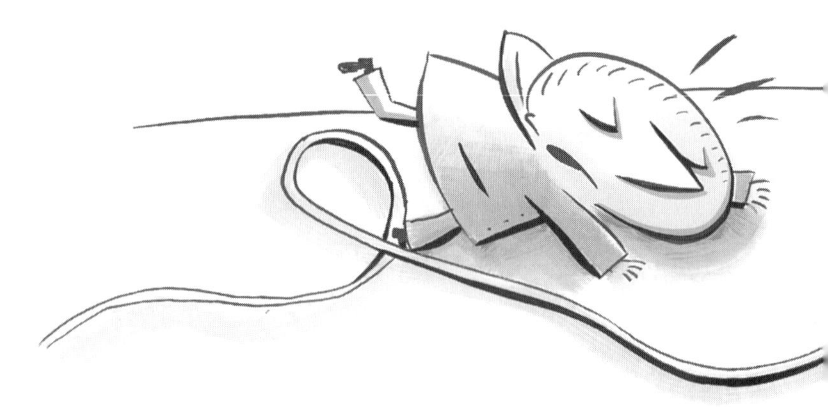

Pero..., ¿qué le puso en la orilla a la cuerda?
¡Una pistola de agua! Qué traviesa Eloísa.

¡Rápido a clases!, ya se me hizo tarde.

–Discúlpeme, maestra, se me hizo un poco tarde porque...

¿No me responde? Bueno, abriré los ojos.

Se me hizo tarde miles de años.
Debí equivocarme en alguna parte.

Es cierto que el tiempo que pasa no hace ruido,
no tiene olor.

–¿Podría ayudarme a cruzar la calle, por favor?
–Con gusto, señor. ◆

Yoyo y el color de los olores de Bruno Heitz, núm. 119 de la colección
A la orilla del viento, se terminó de imprimir en los talleres
de Impresora y Encuadernadora Progreso, S.A. de C.V. (IEPSA),
Calzada San Lorenzo núm. 244; 09830, México, D. F.
durante el mes de junio de 2002.
Tiraje: 7000 ejemplares.